MADAME
ARNOULD-PLESSY

1834-1876

NOTICE AVEC DOCUMENTS

RECUEILLIS AUX ARCHIVES DU THÉATRE-FRANÇAIS

PAR

GEORGES D'HEYLLI

PARIS

TRESSE, ÉDITEUR

GALERIE DE CHARTRES, 10 ET 11

PALAIS-ROYAL

MDCCCLXXVI

CLICHY. — Imp. Paul Dupont, rue du Bac-d'Asnières, 12 (103, 16.)

MADAME

ARNOULD - PLESSY

DU MÊME AUTEUR

A LA MÊME LIBRAIRIE

La Comédie française, 2 volumes avec photographies... 3 fr.

L'Opéra, 3 volumes avec photographies............... 4 50

Dans la collection des *Foyers et coulisses des Théâtres de Paris*

Clichy. — Imp. Paul Dupont, rue du Bac-d'Asnières, 12. (642. 5-0.)

MADAME

ARNOULD-PLESSY

(1834-1876)

NOTICE AVEC DOCUMENTS

RECUEILLIS AUX ARCHIVES DU THÉATRE-FRANÇAIS

PAR

GEORGES D'HEYLLI

PARIS

TRESSE, ÉDITEUR

GALERIE DE CHARTRES, 10 ET 11

PALAIS-ROYAL

MDCCCLXXVI

MADAME

ARNOULD - PLESSY

Madame Arnould-Plessy a été l'une des plus « grandes dames » de la Comédie-Française. Elle emporte, en quittant notre première scène dramatique, le secret des pures traditions de la vieille école ; les belles comtesses et les pimpantes marquises du répertoire disparaissent avec elle ; sa perte est un deuil véritable pour la comédie, et elle laisse une place difficile à remplir et une telle succession de créations et de reprises les plus variées et les plus diverses qu'on peut bien dire, vu l'état actuel du théâtre, que de longtemps on ne la remplacera pas.

Cette éminente comédienne a appartenu, pendant plus de trente années, au Théâtre-Français ; il n'est pas de rôle brillant de la comédie qu'elle n'ait abordé ; elle s'est également montrée dans le drame et elle a même paru, en ces derniers temps, et non sans succès, dans la tragédie.

Elle avait reçu de la nature les dons les plus précieux et les plus rares : une beauté éclatante, un timbre de voix enchanteur, une prestance noble et élevée et une distinction de patricienne. L'étude et l'art avaient comme réuni et fondu toutes ces qualités et le talent de l'artiste avait aussitôt frappé tous les gens de goût, et permis d'augurer pour la si jeune comédienne, qui débutait même avant ses quinze ans accomplis, l'avenir le plus glorieux et le plus durable.

Mademoiselle Plessy fut célèbre dès le premier jour. Le 10 mars 1834, elle débutait dans *la Fille d'honneur* et dans *l'Hôtel garni ;* dans cette même année, elle se montrait dans plus de vingt rôles du répertoire et son talent naissant était si rempli de brillantes promesses que la Comédie-Française crut pouvoir les escompter par avance en appelant, deux ans après, sa jeune et belle pensionnaire aux honneurs du sociétariat. C'était le 1ᵉʳ novembre 1836, et mademoiselle Plessy venait à peine d'atteindre sa dix-septième année.

Son premier passage à la Comédie-Française a duré onze ans. Le lecteur se rendra facilement compte, par la lecture et l'étude de la liste ci-après des rôles repris ou créés par mademoiselle Plessy, de l'activité qu'elle dut déployer alors et du succès considérable qu'elle obtint. Le répertoire tout entier passe, pour ainsi dire, par ses mains ; elle est de presque toutes les pièces nouvelles ; elle attache son nom aux plus belles créations et elle reprend successivement la plupart des rôles où a si fort et si longtemps brillé mademoiselle Mars.

Une si belle et si légitime réputation devint rapidement européenne. Les gloires que Paris consacre sont des gloires partout. La Russie était alors, comme aujourd'hui d'ailleurs, plus particulièrement «friande» des succès de nos théâtres parisiens et des interprètes qui les faisaient valoir. Elle fit offrir à mademoiselle Plessy un monceau de roubles pour la déterminer à accepter un engagement sur le théâtre français de Saint-Pétersbourg.

On sait que les engagements de ce genre sont des plus avantageux pour l'artiste qui les contracte. De forts appointements, pendant toute la durée du contrat, et une riche pension de retraite, après dix années de services, constituent ses meilleurs et ses plus solides priviléges.

Après avoir d'abord refusé et renoué, au contraire, avec la Comédie-Française les liens qui l'attachaient à elle, mademoiselle Plessy finit par se laisser séduire et un beau matin, déchirant de son autorité privée et avec une prestesse d'exécution qui pouvait passer pour un caprice, les traités qu'elle avait encore si récemment signés et paraphés de sa belle et blanche main, elle disparut tout à coup, « subrepticement, » ainsi que le dit le registre de la Comédie, et sans avoir prévenu qui que ce fût, à son théâtre, de ce projet de fugue aussi précipitée qu'inattendue.

L'histoire de cette fuite, qui a un moment occupé tout le Paris frivole de l'époque, est des plus curieuses à raconter.

Le 8 juillet 1845, mademoiselle Plessy, qui résidait alors à sa campagne de Saint-Chéron, près Arpajon, adresse au régisseur du Théâtre-Français, M. Charles Desnoyers, la lettre suivante :

« Saint-Chéron, 8 juillet 1845.

« Mon cher monsieur Desnoyers,

« Je suis très-contrariée ; la fièvre me dévore ; je vous enverrai, si vous voulez, un certificat du médecin que j'ai ici ; ou attendez, si vous l'aimez mieux, que M. Pouget (1) m'ait vue, il vous dira ce qu'il pense.

(1) L'un des médecins de la Comédie-Française.

« Je tremble, je grelotte, et vraiment, quoiqu'on cherche
à me le cacher, j'ai peur d'une fièvre au cerveau.

« Pressez, pressez M. Pouget !

« Mille amitiés,

« S. PLESSY. »

« *P. S.* J'espère conserver assez de forces pour vous donner moi-même de mes nouvelles, mais sinon, écrivez-moi
toujours, ma mère vous répondra.

C'est un mardi que mademoiselle Plessy adressait
cette lettre à la Comédie-Française ; le lendemain
mercredi, 9 du même mois, M. Verteuil, secrétaire
du théâtre, lui faisait parvenir la réponse suivante,
élaborée sans doute dans les hauts conseils de la
Comédie :

« Paris, le 9 juillet 1845.

« Mademoiselle,

« C'est avec un vif regret que M. le commissaire royal
vient d'apprendre votre indisposition, et il espère que cette
indisposition ne sera ni longue ni sérieuse. Vous pourrez
sans doute répéter demain *l'École des vieillards* et jouer sa-
medi cette pièce comme elle a été portée au répertoire. Aucun médecin du théâtre ne peut vous être envoyé à pareille
distance : ces messieurs ne doivent leurs offices à la Comédie
que pour Paris, et vous savez qu'aux termes des règlements
aucun artiste ne peut s'éloigner, ni habiter la campagne sans
une autorisation ministérielle. Si les répétitions et la représentation de *l'École des vieillards* ne pouvaient avoir lieu à
cause d'une indisposition qui ne peut être légalement con-
statée, parce que vous habitez à sept lieues d'ici, sans une
autorisation officielle, vous entraveriez forcément le service
et vous mettriez M. le commissaire royal dans la nécessité
de demander au ministre l'application, à votre égard, des
articles 65, 76 et 79 du décret du 15 octobre 1812. M. Buloz vous
prie donc très-vivement de venir répéter demain *l'École des
vieillards*.

« Recevez, mademoiselle, etc.. ,

« Signé : VERTEUIL. »

La Comédie ne voulait donc pas croire à la gravité de la maladie de mademoiselle Plessy, puisqu'elle lui demandait de venir répéter le lendemain même du jour où elle lui accusait réception de sa lettre. La jeune et jolie actrice ne devait pas être, en effet, bien malade : car, au moment même où elle aurait dû recevoir la lettre officielle que le commissaire royal lui avait fait écrire, elle était déjà sur la route de l'Angleterre, laquelle devait se prolonger pour elle jusqu'à Saint-Pétersbourg.

Le registre journalier tenu à la Comédie-Française depuis qu'elle existe porte, à la date du 12 juillet 1845, la mention suivante :

« On apprend aujourd'hui que mademoiselle Plessy, sociétaire, est partie subrepticement pour Londres et qu'elle y a contracté un engagement pour le théâtre de Saint-Pétersbourg. »

On apprit aussi, et presque en même temps, que mademoiselle Plessy allait épouser un écrivain, d'un talent distingué mais d'une notoriété modeste, M. Auguste Arnould (1), qui venait de faire représenter à la Comédie-Française, le 27 janvier précédent, une pièce en un acte : *Une bonne réputation*, dont mademoiselle Plessy avait créé le principal rôle. Ainsi, par une coïncidence assez étrange — et peut-être au contraire bien naturelle et explicable, si l'on pouvait aller sûrement au fond des choses — la dernière création de mademoiselle Plessy à la Comédie-Française, avant son départ pour la Russie, eut précisément lieu dans une pièce dont l'auteur devint si peu de temps après son mari.

Je n'ai pas besoin d'insister beaucoup sur la vive émotion que produisit au Théâtre-Français la fuite de mademoiselle Plessy. La Comédie commença par

(1) Il est mort en 1854.

user de douceur, espérant que les moyens de persua-
sion suffiraient pour faire rentrer la fugitive dans
son giron. Samson lui fut donc envoyé en qualité d'am-
bassadeur, mais il revint sans avoir réussi. Mademoiselle Plessy alléguait beaucoup de griefs plus ou
moins sérieux et qui n'auraient peut-être pas tenu
bien longtemps devant une discussion approfondie,
s'il lui avait plu de l'engager. La vérité est qu'elle
voulait sa liberté ; mais il lui était difficile de le dire.
M. Regnier fut ensuite chargé d'intervenir à son tour
auprès de mademoiselle Plessy qui avait pour lui une
déférente amitié. L'éminent artiste tenta d'arranger
le différend par lettre. Le 29 juillet 1845, il adressa à
sa jeune camarade une épître toute pleine de sens
et de bonnes raisons, et que voici résumée tout en-
tière dans son principal passage :

« ... Je pense qu'il serait sage à vous d'expliquer à notre
comité l'état douloureux dans lequel vous vous trouviez, la
nécessité absolue où vous étiez de vous absenter, le chagrin
que vous en ressentiez et le sacrifice même que vous êtes
prête à faire de vos plus intimes sentiments en revenant,
malgré le froissement que vous en éprouvez, reprendre une
place que vous ne quittez qu'à regret et dont la perte serait
si dommageable à vos intérêts particuliers. Fixez le temps
de votre retour. Que votre lettre soit bonne, affectueuse, et
soyez sûre que les choses s'arrangeront mieux que vous ne
pensez.

« Votre affectionné et sincère ami,

« REGNIER. »

Cette lettre de M. Regnier, tout habile qu'elle était,
ne devait cependant pas avoir un meilleur succès,
mais elle amena mademoiselle Plessy à proposer une
sorte d'arrangement, qui était trop à son avantage et
en revanche trop peu dans les intérêts du Théâ re-
Français, pour qu'il eût quelque chance d'être accepté.
Voici donc la lettre qu'elle écrivit aux sociétaires de

la Comédie-Française en réponse à celle qu'elle avait
reçue de M. Regnier :

« Mes chers camarades,

« J'ai dû vous paraître coupable, et je comprends l'irrita-
tion dont vous avez été saisis à la nouvelle de mon départ.
N'accueillez, mes amis, aucune mauvaise pensée à mon
égard; ne me soupçonnez pas d'avoir préféré une grande
fortune à des engagements dont j'ai toujours été fière et auxquels je m'étais vouée sans réserves. A l'époque de ma majo-
rité, on a cherché, vous le savez peut-être, à m'éloigner de
vous. On m'a offert ce qu'on m'offre aujourd'hui. Je n'ai pas
eu un instant d'hésitation. Bien jeune, vous m'avez adoptée;
j'espère que vous ne vous en êtes jamais repentis. Je ne
l'oublie pas et, quoi qu'il arrive, je m'en souviendrai toujours
avec reconnaissance. Mais la vie, si heureuse qu'elle soit au
théâtre, n'est pas toute au théâtre, et sur les sentiments
intimes il y a peu de raisonnements à faire. Quand ils sont
en lutte avec les intérêts, quand ils sont assez forts pour tout
emporter, il faut que l'indulgence vienne au cœur de ceux
qui nous jugent; il faut qu'ils sentent ce qui ne peut s'expliquer. Je suis prête aujourd'hui, comme dans le premier moment qui a suivi mon départ, à racheter par les sacrifices qui
me sont possibles la place que j'occupais parmi vous. Aucune
fortune, aucun avantage ne m'empêcheront de venir la reprendre, si, après ce que je vais vous dire, vous consentez
à me la conserver. Si vous refusez, je n'hésiterai pas, je re-
noncerai à la France; je perdrai l'espoir de revoir ma famille
et mes amis. J'ai maintenant huit années à faire pour avoir
droit à la pension. Je vous demande la faculté de ne rentrer
au théâtre, de n'y reprendre ma place que dans deux ans, à
compter du 1er septembre prochain; et, si vous y consentez, je vous donnerai, au lieu de huit années, onze années de service, après lesquelles j'aurai droit à la pension,
c'est-à-dire à cinq mille francs de rente seulement. C'est l'in-
demnité que je vous offre pour le tort que peut vous causer
mon absence momentanée.

« Recevez, mes chers camarades, et toujours mes amis,
j'espère, l'expression de mes sentiments affectueux et de ma
parfaite estime.

« Sylvanie PLESSY. »

La Russie avait dû faire un pont d'or à mademoi-

selle Plessy; mais en dehors de cette question d'intérêt, qui avait cependant pour elle son importance au
moment où elle allait s'engager dans la grosse affaire
du mariage, il y avait encore sous jeu certains motifs
intimes de brouille avec la Comédie sur lesquels il
nous serait bien difficile de nous appesantir. Quant
au « pont d'or » le bruit courut à ce moment que l'engagement, qui liait pour dix ans mademoiselle Plessy à
la Russie, était de 65,000 francs par année, avec
20,000 francs pour rachat de congé. On assure même
qu'à partir de 1848, les bénéfices annuels de la délicieuse comédienne, si vite et si justement appréciée par la cour impériale de Saint-Pétersbourg et
par les riches boyards qui fréquentaient assidûment
le théâtre français, on assure que ces bénéfices s'éle-
vèrent jusqu'au chiffre invraisemblable de 45,000
roubles (180,000 francs). Quoi qu'il en soit, madame
Arnould-Plessy dut se donner beaucoup de mal pour
les gagner. Le public ne se lassait pas de l'admirer
dans les rôles les plus divers : la comédie sérieuse,
le vaudeville, le drame, celui de la Porte-Saint-Mar-
tin aussi bien que celui du Théâtre-Français, et même
l'opéra-comique. La merveillleuse souplesse du talent
de madame Plessy lui permit de triompher dans
les genres souvent les plus opposés et dans les per-
sonnages qui pouvaient paraître les plus étrangers
à sa nature et à ses aptitudes dramatiques.

Pendant ce temps la Comédie-Française, qui n'avait
pas voulu se tenir pour battue, avait intenté un
procès à madame Plessy. Elle estimait la perte
qu'elle avait faite d'une aussi séduisante sociétaire,
assez haut pour la lui faire payer le plus cher possible. Elle l'actionna donc en justice, lui demandant
200,000 francs de dommages-intérêts et 20,000 francs
à titre de provision. Le tribunal ne rendit pas son
arrêt en une seule fois, dans l'espérance sans doute
qu'une conciliation était encore possible. Il condamna

donc d'abord madame Plessy à payer 6,000 francs à titre de provision et remit son jugement sur la demande principale après vacation.

Sommée de nouveau de rentrer au théâtre, et ajournée comme dernier délai à trois mois, madame Plessy continua de faire la sourde oreille. Ce ne fut donc que l'année suivante, et après de successives remises d'audience, que l'affaire fut définitivement jugée. Le 17 août 1846, c'est-à-dire plus d'un an après son départ, madame Plessy fut condamnée à 100,000 francs de dommages-intérêts et à sa déchéance comme sociétaire.

Heureusement pour nous, madame Arnould-Plessy ne devait pas éternellement bouder la Comédie-Française. Une occasion toute naturelle d'y reparaître se présenta pour elle, même avant l'expiration de son engagement en Russie. Son maître et son ami, M. Samson, donna, le 12 avril 1853, sa représentation de retraite, après vingt-sept années de services. Madame Arnould-Plessy offrit à son vieux professeur (1) de concourir à l'éclat de cette représentation si la Comédie-Française croyait devoir le permettre.

La Comédie ne pouvait être rancunière contre ses propres intérêts. La perte de madame Plessy avait fait un grand vide dans l'illustre Compagnie, et le répertoire en avait assez vivement souffert. La réapparition, même pour une soirée, d'une aussi remarquable comédienne, pouvait donner lieu à des pourparlers ayant quelque chance d'aboutir à un accommodement, et surtout de préparer le retour au bercail de la rue Richelieu de la brebis fugitive.

Cette représentation de retraite de Samson fut donc tout particulièrement intéressante : mademoiselle Rachel y joua Hermione d'*Andromaque* avec Beauvallet (Oreste), Geffroy (Pyrrhus) et mademoi-

_____

(1) Elle avait été élève, au Conservatoire, des classes de Michelot et de Samson.

selle Rimblot (Andromaque). Un intermède de chant réunît ensuite MM. Roger, Morelli et madame Laborde, de l'Opéra, et le célèbre artiste belge, Félix Godefroid se fit entendre sur la harpe. Mais le grand intérêt de la soirée était surtout dans cette réapparition inattendue de madame Arnould-Plessy. Elle se montra donc de nouveau à ce public qui l'avait jadis tant fêtée, et *pour cette fois seulement*, disait l'affiche, dans le personnage d'Araminte des *Fausses confidences*, qu'elle jouait pour la première fois à la Comédie-Française.

On trouva généralement que son talent avait beaucoup gagné pendant ces huit années d'absence, il parut plus naturel, moins cherché, moins apprêté. L'expérience complète de la scène, et de ses mille difficultés, lui était devenue aussi plus familière; sa voix, d'un timbre si mélodieux et si pénétrant, avait des inflexions plus pénétrantes et plus mélodieuses encore; elle était, en outre, dans tout l'épanouissement de sa splendide beauté; elle eut donc un succès très-vif, très-sérieux et les vieux amateurs crurent pouvoir établir dès lors plus d'un point de comparaison entre la jolie transfuge, si heureusement réapparue, et la plus grande comédienne du siècle, mademoiselle Mars.

Ce succès donna sans doute à réfléchir à madame Plessy; elle se voyait plus admirée et plus appréciée que jamais sur un théâtre qui ne demandait qu'à la reconquérir, et elle négocia immédiatement sa rentrée. L'affaire traîna cependant plus de deux ans, en raison des engagements qui liaient encore madame Plessy au théâtre de Saint-Pétersbourg. Quelques difficultés surgirent également au sujet de la situation que l'artiste devait reprendre à son retour. Le Théâtre-Français lui proposait, purement et simplement, d'oublier le passé et de lui ouvrir de nouveau, et à deux battants, les portes du sociétariat. Madame

Plessy ne crut pas devoir accueillir cette combinaison,
qui la faisait singulièrement déchoir au point de vue
de ses intérêts pécuniaires. La société de la Comédie-
Française avait alors de fortes dettes et, en dehors
de leur traitement fixe, les sociétaires n'avaient aucun partage des bénéfices, abandonnés à leurs créan-
ciers. Madame Plessy préféra donc rentrer comme
simple pensionnaire, mais avec un traitement qui fût
à la fois digne d'elle et de la Comédie. Elle obtint
ainsi un premier engagement de huit années, toujours renouvelé depuis, 24,000 francs d'appointements, et elle eut en outre droit à un congé annuel
de trois mois.

La rentrée définitive de cette éminente comédienne
eut lieu le 17 septembre 1855. Ce fut un véritable
événement artistique et la salle fut, ce soir-là, l'une
des plus brillantes qu'eût vues depuis longtemps la
Comédie-Française. C'est dans *Tartufe* que madame
Plessy se montra d'abord ; elle y obtint surtout un
grand succès de beauté. Le personnage d'Elmire
n'est point de ceux qui soient particulièrement favo-
rables à son talent. Elmire n'est pas une grande dame ;
c'est la femme d'un bourgeois qu'un coquin veut séduire, qui se défend de son mieux contre ses répu-
gnantes atteintes, et qui n'est coquette que par occasion. Madame Plessy est une trop brillante et trop
complète « grande coquette » pour ce rôle, qui ne demande que de la souplesse et de la tenue — ce qu'elle
lui a certes donné d'ailleurs — mais aucune coquet-
terie, aucune mièvrerie si ce n'est pour un moment,
et seulement par feinte, dans la comédie terrible qu'elle
joue vis-à-vis de Tartufe afin de mieux détromper son
mari. Madame Plessy se releva hautement dans cette
scène capitale — celle qu'on a appelée la scène de la
table — et elle y fut vraiment admirable de coquet-
terie insinuante et d'adresse provocante pleine d'ha-
biletés et de sous-entendus. Elle ne pouvait être cer-

tainement bien inférieure dans les autres parties du rôle, mais elle y fut à coup sûr moins bien servie par le rôle lui-même que dans la scène que je viens de signaler.

La petite comédie de M. Marc Monnier, *la Ligne droite*, qui vint ensuite, devait assurer le triomphe complet et définitif de madame Plessy. Voici comment Théophile Gautier, rendant compte, quelques jours après, de cette brillante rentrée, apprécie madame Plessy dans le rôle de la comtesse de cette *Ligne droite :*

Madame Plessy est l'actrice née de Marivaux et de la comédie romanesque ; elle en a la grâce maniérée et l'afféterie délicieuse. Le bon sens carré et le style robuste de Molière la gênent évidemment ; il lui faut des dentelles d'or à parfiler, des perles à faire rouler sur les tapis, des étoffes de soie à mettre en pièces de ses jolis ongles roses, comme à cette princesse chinoise qui se pâmait en déchirant les tissus les plus précieux. Et si la dentelle d'or est du clinquant, si la perle est de verre, et le taffetas de la percale glacée, qu'importe ? Elle se joue au milieu de ces fanfreluches, de ces verroteries, de ces chiffons avec des gestes si coquets, des airs de tête si charmants, des allures si languissamment fantasques, que l'on est ébloui et fasciné. Aussi comme elle s'en est donné à cœur joie dans le proverbe de M. Marc Monnier ! Quel joli manége, quelle délicieuse fatuité féminine ! Quelle adorable impertinence de grande dame ennuyée qui prend et reprend le fil de ses pantins et les oublie quelquefois sur le bord de sa loge (1), à côté de son éventail ou de sa lorgnette ! Comme elle les fait aller, le jeune et le vieux, et se moque de leur habileté maladroite, de leur rouerie naïve, jusqu'au mot qui clôt la pièce ! Là est son vrai domaine — un beau domaine — celui de la fantaisie !...

Ce joli portrait, si vivement tracé, était encore vrai à l'heure même où Théophile Gautier le publiait dans son feuilleton du *Moniteur*. Mais combien il faudrait le modifier, l'atténuer, l'accentuer et l'étendre aujour-

____

(1) La scène se passe dans le couloir des loges d'un théâtre.

d'hui! Que de rôles divers en effet, et si différents de genre, de ton et d'allure, la grande artiste a créés depuis! On les retrouvera tous ci-après, et si nombreux, pendant les vingt nouvelles années, et plus, que madame Plessy a passées à la Comédie-Française. Elle eut même l'art, — tant il y a d'imprévu et d'habileté dans son talent, — de reprendre et de s'assimiler assez heureusement deux des meilleures créations encore récentes de Rachel, *Adrienne Lecouvreur* et *Lady Tartufe*. Les drames et les comédies modernes n'eurent pas désormais de meilleure interprète; je ne parle plus seulement de ces charmants proverbes de salon, imités de Marivaux et de Musset, et dans lesquels elle s'est toujours montrée si parfaite et vraiment inimitable; j'entends aussi — et surtout — ces grandes comédies en plusieurs actes : *la Joconde, Comme il vous plaira, Louise de Lignerolles, les Effrontés, Maître Guérin*, et désormais toutes les pièces d'Emile Augier — et à part une reprise éclatante de *l'Aventurière* — et aussi cette tumultueuse *Henriette Maréchal* où madame Plessy obtint, au milieu de la déroute générale, un triomphe personnel considérable ; puis tout à fait dans ces derniers temps, grâce à une nouvelle transformation de son talent et comme si elle eût abordé en quelque sorte une troisième manière, la création magistrale de *Nany*, cette pièce si discutée et cependant l'une des plus travaillées et des plus littéraires de Meilhac, la reprise de *Péril en la demeure*, la tentative tragique de *Britannicus* et enfin l'adorable rôle de la *Grand'-Mère*.

Cette longue course de trente années à travers ce vaste et merveilleux répertoire constitue un tableau tout à fait surprenant. Il n'est point de genre ni de rôle, nous le répétons, auxquels madame Plessy n'ait touché; non certes avec une égale supériorité, mais avec une intelligence et une souplesse hors ligne, souvent maniérée, parfois excessive de miévrerie et d'affétterie, puisque ces mots ont depuis si longtemps cours pour caractériser certains côtés de son talent; mais toujours remarquable, au moins par quelque endroit, et trouvant encore l'art d'enlever le public à une scène quelconque jusque dans les pièces où elle put sembler avoir moins réussi.

Madame Plessy disparaît, et le public — dont le bon sens n'a pas besoin d'aller bien avant au fond des choses pour les juger sainement et se faire une opinion, — le public se demande comment cette précieuse artiste se retire au moment même où ses derniers succès, dans les rôles plus marqués, semblent la rendre encore plus utile et même indispensable. *Péril en la demeure* et *la Grand'Mère* avaient été comme la révélation d'une face inconnue et inexplorée du talent de madame Plessy. Il était déjà depuis longtemps question pour elle du rôle si complet de la marquise, dans *le Marquis de Villemer* que doit reprendre la Comédie-Française, et il est incontestable que personne aujourd'hui ne jouera ce rôle, rue de Richelieu, avec le talent et l'autorité de madame Plessy

Le 8 mai 1876 madame Plessy quitte donc la Comédie-Française par une représentation de retraite qui résumera pour la génération actuelle tout son répertoire et tout son talent : *le Legs* de Marivaux, *l'Aventurière* d'Emile Augier, et des fragments du *Misanthrope*, c'est-à-dire la grâce apprêtée des belles marquises du xviiie siècle, l'habileté et la force dans l'intrigue d'une femme galante du xviie, la dédaigneuse et suprême élégance d'une grande dame de cour sous le grand roi ; c'est-à-dire aussi l'ensemble de toutes les qualités dramatiques et comiques d'un grand premier rôle réunies en une même personne et en un même spectacle.

Nous n'avons certes pas le désir de pénétrer dans

le secret de ce départ inattendu, et d'ailleurs, par le peu que nous croyons savoir des motifs qui le causent, nous préférons ne pas y insister ici. Nous nous bornons à regretter, comme tout le monde, que la Comédie-Française soit obligée de se séparer, trop prématurément peut-être, d'une aussi éminente artiste dont la haute réputation et l'expérience pouvaient, pour longtemps encore, jeter tant de lustre et d'éclat sur son répertoire.

Avril 1876.

LISTE GÉNÉRALE

DES

RÔLES CRÉÉS OU REPRIS

Par Mme ARNOULD-PLESSY

A LA COMÉDIE FRANÇAISE

LISTE GÉNÉRALE

DES

RÔLES CRÉÉS OU REPRIS

Par Mme ARNOULD-PLESSY

A LA COMÉDIE FRANÇAISE.

1834.

1	10 mars.....	(Débuts.) **La Fille d'honneur**, comédie en cinq actes, en vers, d'Alexandre Duval (Emma).
2	—	**L'Hôtel garni**, comédie en un acte, en vers, de Désaugiers et Gentil (Jenny).
3	13 mars.....	Première représentation de **la Passion secrète**, comédie en trois actes, en prose, de Scribe (Cœlie).
4	22 mars	**L'École des Maris**, de Molière (Isabelle).
5	2 avril.....	**L'École des Femmes**, de Molière (Agnès).
6	10 avril.....	**Les Deux Frères**, ou la **Réconciliation**, drame de Kotzebue, traduit et mis en quatre actes par Patrat (Charlotte).
7	11 avril....	**L'Épreuve**, comédie en un acte, de Marivaux (Angélique).
8	—	**La Jeunesse de Henri V**, comédie en cinq actes, en vers, d'Alexandre Duval (Betty).
9	14 mai.....	**L'Éducation ou les Deux Cousines**, comédie en cinq actes, en vers, de Casimir Bonjour (Claire).
10	4 juin......	**Le Bourru bienfaisant**, comédie en trois actes, de Goldoni (Angélique).
11	11 juin......	**Iphigénie en Aulide**, tragédie de Racine (Iphigénie).
12	27 juin......	**Le Philosophe sans le savoir**, comédie en cinq actes, de Sedaine (Victorine).

13	4 septembre.	Première représentation de **Mademoiselle de Montmorency**, comédie en trois actes, de Rosier (Charlotte).
14	2 octobre...	**Le Tyran domestique**, comédie en cinq actes, d'Alexandre Duval (Eugénie).
15	8 octobre...	**Les Châteaux en Espagne**, comédie en cinq actes, en vers, de Collin d'Harleville (Henriette).
16	24 octobre...	**L'abbé de l'Épée**, comédie en cinq actes, de Bouilly (Clémence).
17	5 novembre.	**Les Deux Anglais**, comédie en trois actes, de Merville (Nancy).
18	27 novembre.	Première représentation de **l'Ambitieux**, comédie en cinq actes, de Scribe (Marguerite).
19	10 décembre.	**Le Mariage de Figaro**, de Beaumarchais (Fanchette).
20	25 décembre.	**La Gageure imprévue**, comédie en un acte, de Sedaine (Adélaïde).
21	31 décembre.	**Don Juan ou le Festin de Pierre**, de Molière (Léonore).

1835.

22	28 janvier...	**Les Menechmes**, comédie en cinq actes, en vers, de Regnard (Isabelle).
23	7 février...	**Le Méchant**, comédie en cinq actes, en vers, de Gresset (Chloé).
24	9 avril.....	Première représentation (au Théâtre-Français) de **le Voyage à Dieppe**, comédie en trois actes, de Wafflard et Fulgence (Isaure).
25	29 avril.....	**L'Avare**, comédie de Molière (Marianne).
26	27 mai......	**L'Obstacle imprévu**, comédie en cinq actes, en vers, de Destouches (Angélique).
27	1er juin......	Première représentation de **Une Présentation**, comédie en trois actes, en prose, de François et Fournier (Blanche).
28	10 juin......	**Nanine**, comédie en trois actes, en vers, de Voltaire (Nanine).
29	21 juin......	**Le Père de famille**, drame en cinq actes, de Diderot (Sophie).
30	22 août......	**Les Plaideurs**, comédie en trois actes, en vers, de Racine (Isabelle).
31	25 août.....	**Le jeune Mari**, comédie en trois actes, de Mazères (Clara).
32	2 septembre.	**Le Misanthrope**, comédie de Molière (Éliante).

33	14 septembre.	Première représentation de **Lavater**, drame en cinq actes, en prose, de Rochefort et Brisset (Lesly).
34	30 septembre.	**Tom Jones**, comédie en cinq actes, de Desforges (Sophie).
35	6 octobre...	**Tartufe**, comédie de Molière (Marianne).
36	4 novembre.	Première représentation de **Un Mariage raisonnable**, comédie en un acte, en prose, d'Ancelot (Lady Nelmoor).

1836.

37	20 janvier...	**L'Avare**, comédie de Molière (Élise).
38	9 avril.....	Première représentation de **le Testament**, comédie en trois actes, en prose, d'Alexandre Duval (Malvina).
39	19 avril......	Première représentation de **Une Famille au temps de Luther**, tragédie en un acte, de Casimir Delavigne (Elsy).
40	20 mai	**Le Barbier de Séville**, comédie de Beaumarchais (Rosine).
41	17 juillet	**Les Femmes savantes**, comédie de Molière (Henriette).
42	10 septembre.	Première représentation de **le Boudoir**, comédie en un acte, en prose, de Louis Lurine et Solar (la Marquise).
43	23 décembre.	**Mélanie**, drame en trois actes, en vers, de Laharpe (Mélanie).

1837.

44	19 janvier ...	Première représentation de **la Camaraderie**, comédie en cinq actes, en prose, de Scribe (Agathe) (1).
45	13 février....	**Les deux Gendres**, comédie en cinq actes, d'Étienne (Amélie).
46	20 février....	**La Belle-mère et le gendre**, comédie en trois actes, en vers, de M. Samson (Élise).
47	17 avril......	Première représentation de **le Bouquet de bal**, comédie de Ch. Desnoyers (Clara).
48	18 avril......	**Charles VII chez ses grands vassaux**, drame en cinq actes, en vers, d'Alex. Dumas (Agnès Sorel).
49	2 mai	Première représentation de **Julie ou Une séparation**, comédie en cinq actes, d'Empis (Elise).

(1) Voir aussi les nos 50 et 68.

50	13 septembre.	**La Camaraderie**, de Scribe (Zoé).
51	24 octobre ...	**La Marquise de Senneterre**, comédie en trois actes de Mélesville et Duvergier (Henriette).
52	20 novembre.	Première représentation de **les Indépendants**, comédie en trois actes, de Scribe (Émilie).

1838.

53	14 mars	Première représentation de **Isabelle**, comédie en trois actes, en prose, de Mme Ancelot (Isabelle).
54	23 mars	**La Dame et la Demoiselle**, comédie en quatre actes d'Empis et Mazères (Pauline) (1).
55	26 mars	**Les Comédiens**, comédie en cinq actes, de Casimir Delavigne (Lucile).
56	30 mars	**Le Sicilien** ou l'Amour peintre, comédie en un acte, en prose, de Molière (Isidore).
57	6 avril......	Première représentation de **l'Attente**, drame en un acte, en vers, de Mme Marie Senan (Clary).
58	10 mai	**L'Impromptu de Versailles**, comédie-ballet de Molière (Mlle de Brie).
59	16 juin	Première représentation de **Faute de s'entendre**, comédie en un acte de Duveyrier (Louise).
60	26 juin	**Lord Nowart**, comédie en cinq actes d'Empis (Sophie).
61	6 septembre.	Première représentation de **Un jeune Ménage**, comédie en cinq actes, en prose, d'Empis (Marie).
62	22 septembre.	**Les Fâcheux**, comédie de Molière (Orante).

1839.

63	30 janvier ...	Première représentation de **le Comité de bienfaisance**, comédie en un acte, en prose, de Ch. Duveyrier et J. de Wailly (Mme Renaud).
64	18 février....	Première représentation de **les Serments**, comédie en trois actes, en vers, de Viennet (la Baronne).

(1) Voir aussi le n° 78.

65	22 février ...	**Don Juan d'Autriche**, comédie en cinq actes de Casimir Delavigne (Dona Florinde).
66	8 mars	Première représentation de **la Course au clocher**, comédie en trois actes, en prose, de Arvers (Mme de Chauny).
67	14 mars	**La Popularité**, comédie en cinq actes, en vers, de Casimir Delavigne (Lady Strafford).
68	19 mai	**La Camaraderie**, comédie de Scribe (Césarine).
69	2 novembre.	**L'École des Vieillards**, comédie de Casimir Delavigne, en cinq actes et en vers (Hortense).
70	16 novembre.	**Le Mari à bonnes fortunes**, comédie en cinq actes, de Casimir Bonjour (Adèle).

1840.

71	8 janvier ...	Première représentation de **l'École du monde**, comédie en cinq actes, en vers, du comté Walewski (la Duchesse).
72	20 février....	Première représentation de **la Calomnie**, comédie en cinq actes, de Scribe (Cécile de Mornas).
73	15 avril......	**Valérie**, comédie en trois actes, de Scribe et Mélesville (Valérie).
74	13 juillet	**Le Mariage de Figaro**, de Beaumarchais (Suzanne).
75	18 octobre....	**Chacun de son côté**, comédie en trois actes, en prose, de Mazères (la Baronne).
76	17 novembre.	**Le Verre d'eau**, comédie en cinq actes, de Scribe (la reine Anne).

1841.

77	13 mars	**L'Étourdi**, comédie en cinq actes et en vers, de Molière (Hippolyte).
78	16 avril......	**La Dame et la Demoiselle**, comédie d'Empis et Mazères (1) (Élisa).
79	1er juin......	Première représentation de **Un Mariage sous Louis XV**, comédie en cinq actes, d'Alex. Dumas (la Comtesse).
80	12 octobre ..	**Mademoiselle de Belle-Isle**, comédie en cinq actes d'Alex. Dumas (Mlle de Belle-Isle).

(1) Voir aussi le n° 54.

81 | 29 novembre. Première représentation de **Une chaine**, comédie en cinq actes, de Scribe (Louise).

1842.

82 | 3 février.... **La Jeune Femme colère**, comédie en un acte d'Etienne (Rose).

83 | 11 mai...... **Le Misanthrope**, comédie de Molière (Célimène).

84 | 19 août...... **Un Procès criminel**, comédie en trois actes, de Rosier (Clara).

85 | 17 octobre... Première représentation de **le Portrait vivant**, comédie en trois actes, de Mélesville et A. Laya (la Duchesse).

86 | 29 novembre. Première représentation de **le Fils de Cromwell ou Une Restauration**, comédie en cinq actes de Scribe (Lady Régine Terringham).

87 | 24 décembre. **La Suite d'un bal masqué**, comédie en un acte de Mad. de Bawr (Mme de Belmont).

1843.

88 | 2 mai...... **Le Jeu de l'amour et du hasard**, comédie en trois actes de Marivaux (Sylvia).

89 | 25 juillet.... Première représentation de **les Demoiselles de Saint-Cyr**, comédie en cinq actes d'Alex. Dumas (Charlotte de Mérian).

90 | 6 novembre. Première représentation de **Ève**, comédie en cinq actes, de Léon Gozlan (Ève).

91 | 29 novembre. Première représentation de **la Tutrice** ou **l'Emploi des richesses**, comédie en trois actes, de Scribe et Paul Duport (Amalie de Moldau).

1844.

92 | 3 janvier... **Le Legs**, comédie en un acte de Marivaux (la Comtesse).

93 | 4 septembre. Première représentation de **l'Héritière** ou **Un Coup de partie**, comédie en cinq actes, d'Empis (Catherine).

1845.

94 | 4 janvier... Première représentation de **le Guerrero**, comédie en cinq actes, en vers, de E. Legouvé (Isabelle).

95	27 janvier...	Première représentation de **Une bonne Réputation**, comédie en un acte, de M. Aug. Arnould (Henriette).
96	6 juin......	**Le Menteur**, comédie en cinq actes, en vers, de Pierre Corneille (Clarice).

1853.

97	12 avril.....	**Les fausses Confidences**, comédie en trois actes, de Marivaux (Araminte) (1).

1855.

98	17 septembre.	Première représentation (à la Comédie-Française) de **la Ligne droite**, comédie en un acte, en prose, de M. Marc Monnier (la Comtesse).
99	19 novembre.	Première représentation de **la Joconde**, comédie en cinq actes, de MM. Paul Foucher et Regnier (Louise de Guitré).

1856.

100	19 février....	**La Gageure imprévue**, comédie en un acte de Sedaine (Mme de Clainville).
101	12 avril.....	Première représentation de **Comme il vous plaira**, drame en trois actes, de G. Sand, d'après Shakespeare (Célia).
102	13 mai......	**Louise de Lignerolles**, drame en cinq actes, de Dinaux et Legouvé (Louise).
103	26 mai......	Première représentation (à la Comédie-Française) de **le Bougeoir**, comédie en un acte, de M. Clément Caraguel (Mme de Lucenay).
104	25 juin......	**La Diplomatie du Ménage**, comédie en un acte, de Mme C. Berton (Mme d'Etanges).
105	18 novembre.	Première représentation de **le Berceau**, comédie en un acte, en vers, de MM. Michel Carré et Jules Barbier (Valentine).
106	27 novembre.	Première représentation de **les Pauvres d'esprit**, comédie en trois actes de Léon Laya (Hortense Monfort).

(1) Représentation de retraite de Samson.

3.

1857.

107 | 8 janvier ... **Lady Tartufe,** comédie en cinq actes, en prose, de Mme E. de Girardin (Virginie de Blossac).

108 | 7 décembre. **Chatterton,** drame en trois actes, d'Alfred de Vigny (Kitty-Bell).

1858.

109 | 1er mars..... Première représentation de **le Retour du Mari,** comédie en quatre actes, de Mario Uchard (Jane de Méran).

110 | 14 septembre. **Il faut qu'une porte soit ouverte ou fermée,** comédie en un acte d'Alfred de Musset (la Marquise).

111 | 24 novembre.. **Bataille de Dames,** comédie en trois actes, de Scribe et Legouvé (la Comtesse).

1859.

112 | 15 mars..... **Le Philosophe marié,** comédie en cinq actes, de Destouches (Céliante).

113 | 23 mai...... **Adrienne Lecouvreur,** drame en cinq actes, de Scribe et Legouvé (Adrienne).

114 | 18 juillet.... **Un Caprice,** comédie en un acte, d'Alfred de Musset (Madame de Léry).

115 | 15 décembre . **L'Amant bourru,** comédie en trois actes, de Monvel (la Marquise).

1860.

116 | 10 avril ..... **L'Aventurière,** comédie en quatre actes, en vers, d'Emile Augier (Clorinde).

1861.

117 | 10 janvier ... Première représentation de **les Effrontés,** comédie en cinq actes, d'Emile Augier (Marquise d'Aubérive).

118 | 21 octobre... Première représentation de **la Pluie et le Beau Temps,** comédie en un acte, en prose, de Léon Gozlan (la baronne de Gontran).

1862.

119 | 1er décembre. Première représentation de **le Fils de Giboyer**, comédie en cinq actes, en prose, d'Émile Augier (la baronne Pfeffers).

1863.

120 | 15 décembre. Première représentation de **la Maison de Pénarvan**, comédie en quatre actes, en prose, de Jules Sandeau (Renée).

1864.

121 | 29 octobre.... Première représentation de **Maître Guérin**, comédie en quatre actes, en prose, d'Émile Augier (Mme Lecoutellier).

1865.

122 | 5 décembre. Première représentation de **Henriette Maréchal**, comédie en trois actes, en prose, de Jules et Edmond de Goncourt (Mme Maréchal).

1867.

123 | 9 janvier.... Première représentation de **Un Cas de conscience**, comédie en un acte, en prose, de M. Octave Feuillet (la Comtesse).

1868.

124 | 14 septembre. Première représentation de **A deux de jeu**, comédie en un acte, de M. E. Legouvé (la Baronne).

1869.

125 | 1er mai...... Première représentation de **le Post-Scriptum**, comédie en un acte, d'Émile Augier (Mme de Verlière).

1871.

126	26 septembre. **Adrienne Lecouvreur**, drame en cinq actes, de Scribe et Legouvé (la Princesse).

1872.

127	29 février... Première représentation de l'**Autre Motif**, comédie en un acte, de M. Pailleron (Mme d'Hailly).
128	12 avril..... Première représentation de **Nany**, comédie en quatre actes, en prose, de M. Meilhac (Nany).
129	14 décembre. **Britannicus**, tragédie de Racine (Agrippine).

1873.

130	29 avril..... **La Critique de l'École des femmes**, comédie en un acte, de Molière (Elise).

1874.

131	13 janvier... **Péril en la demeure**, comédie en deux actes, d'Octave Feuillet (Mad. de Vitré).

1875.

132	17 mai...... Première représentation de la **Grand'Maman**, comédie en quatre actes, de M. Cadol (la Marquise).
133	4 décembre. Première représentation de **Petite Pluie**, comédie en un acte, de M. Pailleron (la Baronne).

RÉSUMÉ :

Total des pièces créées..............	53
Id. — reprises...............	80
Total égal.........	**133**

LISTE ALPHABÉTIQUE

DES RÔLES

REPRIS OU CRÉÉS A LA COMÉDIE-FRANÇAISE

PAR MADAME ARNOULD-PLESSY (1).

(1) Chaque numéro reporte le lecteur à la liste précédente.

TABLE

Clichy.—Imp. Paul Dupont, rue du Bac-d'Asnières, 12. (642, 5-6.)

9 782014 029109